1 mars 1873

Vente des Lundi 31 Mars et Mardi 1er Avril 1873

SALLE N° 6

OBJETS D'ART

ET DE CURIOSITÉ

FAIENCES

BELLES ÉTOFFES — GUIPURES

TAPISSERIES

EXPOSITIONS :

PARTICULIÈRE : le Samedi 29 Mars 1873.

PUBLIQUE : le Dimanche 30 Mars 1873.

Me CHARLES PILLET
COMMISSAIRE-PRISEUR,
10, rue de la Grange-Batelière

M. CHARLES MANNHEIM,
EXPERT,
7, rue Saint-Georges.

CATALOGUE

D'UNE INTÉRESSANTE RÉUNION

D'OBJETS D'ART

ET DE CURIOSITÉ

FAIENCES DE PERSE, ITALIENNES ET FRANÇAISES;
PORCELAINES DE SÈVRES ET DE SAXE;
SCULPTURES EN BOIS, EN IVOIRE ET EN MARBRE; ORFÉVRERIE;
MINIATURES; BIJOUX; TABLEAUX; CABINETS ITALIENS;
MEUBLES EN BOIS SCULPTÉ DU XVIe SIÈCLE
ET AUTRES DU TEMPS DE LOUIS XVI.

BELLES ÉTOFFES, GUIPURES & TAPISSERIES

DONT LA VENTE AURA LIEU

HOTEL DROUOT, SALLE N° 6

Les Lundi 31 Mars et Mardi 1er Avril 1873,

A une heure et demie.

Par le ministère de Me **CHARLES PILLET,** Commissaire-Priseur,
10, rue de la Grange-Batelière.

Assisté de M. **Charles MANNHEIM,** expert, 7, rue Saint-Georges,
Chez lesquels se trouve le présent Catalogue.

EXPOSITIONS { *PARTICULIÈRE : le Samedi* 29 *Mars* 1873.
PUBLIQUE : le Dimanche 30 *Mars* 1873.

CONDITIONS DE LA VENTE

Elle sera faite au comptant.

Les adjudicataires payeront *cinq pour cent*, en sus des enchères.

L'exposition mettant le public à même de se rendre compte de l'état des objets, il ne sera admis aucune réclamation une fois l'adjudication prononcée.

Paris. — Typ. PILLET fils aîné, rue des Gr.-Augustins, 5.

DÉSIGNATION DES OBJETS

FAIENCES DITES DE PERSE

1 — Jolie bouteille à long col, décorée de fleurs et d'ornements émaillés en couleurs sur fond blanc.

2 — Broc à anse, décor d'oiseaux et de fleurs émaillés en couleurs.

3 — Autre broc à ornements gaufrés en relief et décor d'ornements en camaïeu bleu.

4 — Deux tasses et soucoupes en faïence de Perse décorées de fleurs.

5 — Deux tasses analogues, de forme basse.

6 — Deux tasses sans soucoupes, à décor en camaïeu bleu.

7 — Deux petits vases en forme d'amphore, décorés de fleurs et d'ornements émaillés en couleurs.

8 — Beau vase en forme de balustre à col droit, décoré de fleurs en camaïeu bleu, rehaussé de vert sur fond blanc. Le col présente un décor analogue sur fond bleu.

9 — Hanap de forme droite à anse carrée, décoré de fleurs émaillées en couleurs sur fond blanc.

10 — Petit broc à anse, décoré de fleurs émaillées en couleurs sur fond blanc. Le bleu et le rouge dominent.

11 — Coupe ronde et profonde décorée de rosaces et de feuillages émaillés en couleurs. Genre cachemire.

12 — Flacon à décor de fleurs et ornements émaillés en couleurs et garniture en cuivre doré.

FAIENCES ITALIENNES

ET AUTRES

13 — Fabrique d'Urbino. — Coupe à bossages, décorée d'ornements sur fonds variés de nuances et figure de génie au centre.

14 — Même fabrique. — Coupe ronde, décorée d'une double portée de musique entourée de dauphins, vases et tête de chérubin en grisaille sur fond gros bleu. Elle porte le nom deux fois répété de : *Altus.*

15 — Fabrique de Faenza. — Coupe ronde à côtes, décorée au centre d'une figure de Madeleine entourée d'ornements noirs sur fond jaune et fond bleu à niellures blanches.

16 — Même fabrique. — Écritoire composée d'ornements en camaïeu rouge découpés à jour, et d'une figure du temps en ronde bosse. On lit au-dessous : *Fabrica di Ragazini e Benini in Faenza*, 1777.

17 — Même fabrique. — *Cuppa amatoria*, décorée d'arabesques en grisaille sur fond bleu, et au centre, un buste d'ange martyre. Date de 1535.

18 — Même fabrique. — Grande coupe ronde, décorée d'arabesques en camaïeu bleu et offrant au fond une figure de génie debout.

19 — Fabrique de Pesaro. — Veilleuse de forme monumentale, à ornements repercés à jour, mascarons et fleurs en relief, décorée en couleurs. Genre Marseille.

20 — Fabrique de Castel-Durante. — Deux beaux vases de forme ovoïde, décorés de paysages et de figures mythologiques. Socles et couvercles en bois sculpté rehaussé d'or.

21 — Même fabrique. — Deux vases de même forme, décorés de rinceaux et de fleurs sur fond bleu et médaillons bustes d'hommes sur fond jaune.

22 — Même fabrique. — Deux cornets, de même décor.

23 — Même fabrique. — Deux bouteilles à panse sphérique offrant un décor analogue.

24 — Même fabrique. — Deux cornets bas, de même décor.

25 — Fabrique hispano-arabe. — Plat rond à décor d'oiseau et ornements à reflets métalliques.

26-29 — Même fabrique. — Quatre plats à feuilles en relief et décor à reflets métalliques et rehaussés de bleu. Ils seront vendus séparément.

30 — Même fabrique. — Deux petits vases de même style.

31 — Fabrique de Castelli. — Deux plaques rondes, paysages, ruines et figures.

32 — Même fabrique. — Grand plat rond ; au centre le sujet de la bonne aventure. Le bord présente des figures de génies se jouant dans des rinceaux. Travail moderne.

33 — Même fabrique. — Ecuelle à couvercle, décorée de paysages, de monuments et de figures.

34 — Même fabrique. — Écuelle analogue à celle qui précède.

35 — Même fabrique.— Deux tasses décorées de paysages avec figures rehaussées d'or.

36 — Même fabrique. — Deux plaques rondes; l'une représente le Triomphe de Cérès, et l'autre un sujet de bataille. Travail moderne.

37 — Fabrique italienne. — Plat rond décoré de palmettes et de dauphins en camaïeu bleu sur fond jaune.

38 — Fabrique des Abruzes. — Coupe d'accouchée à couvercle, à anses ornées de figures d'anges et décorée de personnages et de verdure.

39 — Même fabrique, — Vase à deux anses, têtes de femmes, décoré de figures d'anges dans des paysages.

40 — Même fabrique. — Coupe et vase formant jeu d'eau à décor d'ornements et poissons.

41 — Fabrique de Venise. — Pot à eau forme hanap et sa cuvette, décorés d'écussons armoriés, de fleurs et d'insectes.

42 — Fabrique de Trévise. — Théière haute, décorée de feuillages sur fond jaune et de médaillons de fleurs. Signée Jacques Roselly.

43 — Même fabrique. — Flacon à côtes et long col, décoré d'ornements.

44 — Même fabrique. — Deux petits plats à contours, décor polychrome à fleurs et ornements.

45 — Fabrique de Gênes. — Deux flacons carrés à décor d'oiseaux et de fleurs en camaïeu bleu.

46 — Même fabrique. — Écritoire décorée de vases de fleurs et de paysages.

47 — Fabrique moderne, genre Marseille. — Jardinière de forme contournée décorée de fleurs.

48 — Fabrique de Moustiers. — Deux assiettes et un plat, décor polychrome à figures et ornements.

49 — Même fabrique. — Petit seau, décor polychrome à ornements, fleurs et figures.

50 — Fabrique allemande. — Deux cruches, décor polychrome, à figures, paysages et inscriptions.

51 — Fabrique de Rouen. — Grand plat rond à décor en camaïeu bleu.

52 — Même fabrique. — Deux vases forme rouleau à décor en camaïeu bleu.

53 — Deux grands médaillons ovales en faïence de Sèvres: l'Été et l'Automne, figurés par des enfants,

PORCELAINES

54 — Vase de forme contournée, sur piédouche, en ancienne porcelaine de Buen Retiro, à branches de vigne en relief.

55 — Partie de cabaret en ancienne porcelaine de Saxe, décoré d'animaux en couleurs et d'ornements d'or sur fond rougeâtre à reflets métalliques. Deux tasses et quatre grandes pièces.

56 — Quatre tasses et un sucrier en vieux Saxe, décorés de fleurs.

57 — Jolie petite cafetière en ancienne porcelaine delle Nove, à ornements gaufrés en relief et fleurs décorées en couleurs.

58 — Petit groupe de trois figures d'enfants en porcelaine de Ludwigsburg.

59 — Deux figurines de Chinois agenouillés en porcelaine de Chine.

60 — Quatre assiettes en porcelaine de Milan, décorées de fleurs en couleurs de style chinois.

61 — Théière et soucoupe en porcelaine de Venise, décor d'ornements et fleurs.

62 — Deux vases en porcelaine de Sèvres, forme Médicis, fond gros bleu et décor d'or.

63 — Cafetière en porcelaine de Saxe.

64 — Deux petits socles en porcelaine de Saxe.

65 — Théière Louis XVI en porcelaine dure.

66 — Deux salières en porcelaine moderne de Saxe.

67 — Figurine d'homme assis en porcelaine de Saxe.

68 — Statuette de sainte Thérèse en porcelaine de Saxe, fond blanc et or.

69 — Deux figurines d'Amours en porcelaine de Saxe.

70 — Figurine de femme en porcelaine blanche.

71 — Deux petites assiettes en porcelaine moderne de Sèvres à bords découpés.

72 — Grand plat rond en vieux Japon à décor en camaïeu bleu, formant guéridon et monté sur pieds en chêne sculpté.

73 — Jardinière en porcelaine moderne de Sèvres, pâte tendre.

74 — Grand vase en porcelaine de Sèvres à décor d'oiseaux et de fleurs.

75 — Deux vases en porcelaine moderne de la Chine.

76 — Lampe en porcelaine du Japon, montée en bronze doré.

77 — Groupe en biscuit de Sèvres : le Mangeur de raisin.

OBJETS VARIÉS

78 — Deux grands panneaux en bois sculpté rehaussés de peinture et d'or, représentant l'Adoration des Mages.

79 — Croix processionnelle en cuivre repoussé et doré du xve siècle.

80 — Deux petits pistolets Louis XVI, garnis en argent.

81 — Deux plaques de bourse en émail de Limoges, décorées en couleurs à bustes et ornements.

82 — Deux épées de cour en acier, dont une damasquinée d'or.

83 — Bas-relief en cuir repoussé et peint, représentant le Calvaire.

84 — Panneau peint représentant le Christ et le Père éternel, ce dernier coiffé de la tiare. XVe siècle.

85 — Petit coffret garni en fer à ornements gothiques.

86 — Deux petits coffres en fer, l'un d'eux orné de peintures.

87 — Deux statuettes en bronze; baigneuse d'après Falconnet et Diane de Houdon.

88 — Deux petits bras Louis XIV en bronze à une lumière.

89 — Petite pendule Louis XV et son socle en bois sculpté doré et peint en blanc.

90 — Grand vase de forme ovoïde en cuivre jaune.

91 — Deux fontaines en cuivre jaune et rouge, avec supports en bois sculpté.

92 — Bas-relief en bois représentant Amphitrite.

93 — Grand coffre en fer avec ornements repoussés.

94 — Deux bras appliques à une lumière en bronze. Époque Louis XIV.

95 — Lampe de suspension en cuivre.

96 — Potence en fer forgé.

97 — Lanterne vénitienne avec chaîne.

98 — Petite pendule de bureau de forme carrée du temps de Louis XIII, en cuivre.

99 — Petite pendule à réveil en cuivre du temps de Louis XIV.

100 — Six vitraux anciens.

101 — Vidrecome allemand en verre émaillé. Travail moderne.

102 — Lampe italienne en cuivre à colonne torse et armoirie à sa partie supérieure.

103 — Flambeau Louis XIII en cuivre repoussé.

104 — Statuette en bronze; Hercule Farnèse.

105 — Groupe de fruits en jade sur socle en bois de fer très-finement sculpté.

106 — Deux boutons en bois et un groupe en ivoire. Travail japonais.

107 — Burette en verre de Venise.

108 — Deux montres Louis XIII en cuivre incrusté; l'une d'elles est à répétition.

109 — Petite coupe Louis XIII en argent repoussé.

110 — Ciseaux dans un étui en acier gravé et doré. Époque Louis XIV.

111 — Quatre médailles en bronze.

112 — Deux plaques en ivoire sculpté.

113 — Miniature. — Portrait de femme.

114 — Miniature. — Vue de Marseille, d'après Claude Lorrain.

115 — Médaillons en ivoire. — César et Minerve.

116 — Miniature par Charlier. — Vénus et l'Amour.

117 — Couvercle de drageoir décoré des figures de Mars et de Vénus.

118 — Portrait du prince de Condé, sur cuivre.

119 — Portrait de de Thou.

120 — Miniature. — Portrait de Catherine de Médicis.

121 — Miniature. — Portrait d'Adrienne Lecouvreur.

122 — Médaille en bronze par Duprez : Catherine de Médicis.

123 — Autre médaille en bronze : Louis XIII.

124 — Deux autres médailles, dont une représente Cosme de Médicis.

125 — Buire et bassin en cuivre gravé à ornements et portant les armes de Capello.

126 — Grand et beau mortier en porphyre rouge oriental.

127 — Deux verres, l'un d'eux à couvercle à décor d'or, et l'autre décoré à sa partie supérieure d'émaux en relief.

128 — Curieux groupe de la Vierge et de l'enfant Jésus, en toile et papier peint, simulant un haut-relief en bois peint.

129 — Médaillon rond en cuivre rouge repoussé. Jeux d'amours.

130 — Jardinière ronde en cuivre rouge repoussé à godrons.

131 — Deux bras en fer doré à une lumière et deux autres en fer peint.

132 — Petit amorçoir en bois sculpté à figurines en haut-relief. Époque Louis XIII.

133 — Médaillon ovale : buste de Charles-Théodore en cire peinte et étoffes.

134 — Etui-nécessaire avec ustensiles en cuivre doré. Époque Louis XV.

135 — Deux jolis petits modèles de mandolines, en écaille incrustée de nacre de perle. XVIIe siècle.

136 — Gaîne en cuir gaufré du XVe siècle, décorée de rinceaux en relief.

137 — Lanterne vénitienne en cuivre jaune découpé à jour.

138 — Deux marteaux de porte en fer ciselé.

139 — Deux petits manuscrits du XVe siècle, sur vélin.

140 — Miniature ronde sur ivoire : portrait de femme. Époque Louis XVI.

141 — Miniature ovale : portrait de Dolarizia Zeno. Dans un médaillon.

142 — Miniature sur vélin : la Vierge et l'enfant Jésus ; dans un cadre en écaille incrustée d'argent. Époque Louis XIV.

143 — Bénitier en cuivre doré, corail et lapis. XVIe siècle.

144 — Petite clef en fer à ornements repercés à jour. XVIIe siècle.

145 — Diverses plaques de corsage en filigrane d'argent doré et jais.

146 — Boîte en forme d'oiseau en émail de Saxe.

147 — Tabatière en émail de Saxe décorée d'arbustes sur fond blanc et montée en argent.

148 — Tabatière en porcelaine d'Allemagne décorée de paysages.

149 — Deux boîtes en émail de Saxe, l'une d'elles à deux tabacs, à décor d'or et montée en argent.

150 — Coupe ronde en jade gris.

151 — Boîte ronde en écaille blonde ornée d'une miniature.

152 — Petite horloge carrée en cuivre gravé à figures et armoiries.

153 — Lot de chaînons gothiques en fer.

154 — Deux petits bras du temps de Louis XIV en bronze, à une lumière.

155 — Deux petits vases en verre bleu de Venise.

156 — Deux gobelets à couvercles en verre double à décor d'or.

157 — Deux salières Louis XVI.

158 — Sanglier en serpentine.

159 — Petit vase en bronze, style renaissance sur socle en granit.

160 — Petit buste d'Homère en bronze.

161 — Figure de Mercure en marbre blanc.

162 — Colonne en terre laquée, décorée en or et couleurs sur fond rouge.

163 — Chenets en fer et en cuivre du xvie siècle.

164 — Deux bras-appliques à mascarons en bronze, à une lumière. Époque Louis XIV.

165 — Deux autres en métal de cloche du temps de Louis XIII.

166 — Figurine de berger jouant avec une chèvre. Bronze, par Gumery.

167 — Statuette en bronze, Faune dansant.

168 — Quatre petits bustes en bronze. Travail moderne.

169 — Quatre statuettes en bronze d'après l'antique.

170 — Têtes de nègre et de kabyle en bronze, par Cordier, sur socles en onyx.

171 — Bronze japonnais représentant une aubergine.

172 — Vase japonais en bronze, formé de rochers et de figures.

173 — Chien basset, bronze, par Fremiet.

174 — Le roi David, statuette en bronze doré sur socle en bronze. XVIIe siècle.

175 — Deux statuettes d'anges en bronze. XVIIe siècle.

176 — Deux petites figures Louis XIII en bronze.

177 — Bas-relief en bronze, buste d'homme dans le style du XVe siècle.

178 — Groupe en ivoire : la Vierge et l'Enfant Jésus. XVIIe siècle.

179 — Coupe Louis XIII en bronze doré, sur pied en bois.

180 — Deux lampes italiennes en cuivre poli.

181 — Saint Jean. — Peinture en émail de Limoges. Dans un cadre Louis XIII en bronze.

182 — Bas-relief en terre cuite : Évanouissement d'Esther. Ébauche du XVIIIe siècle.

183 — Deux médaillons ovales en marbre, portraits d'hommes avec cadres en marbre.

184 — Deux médaillons en ivoire ; bustes d'homme et de femme avec cadres en buis ; XVIIe siècle.

185 — Bas-relief en argent ; Sainte Famille avec cadre en chêne.

186 — Saint Hubert et saint Luc, deux bas-reliefs en plomb ; XVIe siècle.

187 — Paire de girandoles Louis XVI en cuivre argenté.

188 — Quatre figures en terre cuite et peinte, représentant des paysans portugais.

189 — Bas-relief en ivoire : Enfant dansant.

190 — Deux médaillons en biscuit : François Ier et Henri IV. Cadres en bronze doré.

TABLEAUX

191 — Deux tableaux, représentant des paysages. École italienne.

192 — Deux tableaux, par Joseph Vernet. Paysages.

193 — Danseuse italienne. Tableau par Baron.

194 — Saint Louis. Peinture sur cuivre. — Époque Louis XIII.

195 — L'Adoration des mages. — Peinture sur cuivre par Franck dans un cadre en bronze doré et argent avec pierreries.

196 — Figure d'après le tableau du Titien. L'Amour sacré et l'amour profane.

MEUBLES

197 — Joli lit en bois sculpté avec panneaux gothiques et ornements de la Renaissance en bas-relief; il est enrichi des bustes de saint Éloi et d'Oculi sculptés en haut-relief, et le dossier offre des peintures sur fond d'or.

198 — Grand meuble à deux corps en bois sculpté. Le bas est orné de panneaux représentant la Justice et la Force. Le corps supérieur se compose d'un entablement supporté par des colonnes torses.

199 — Petit meuble ou cabinet orné de peintures, sujets bibliques.

200 — Coffre bombé en bois de noyer sur table avec pieds tournés à balustres.

201 — Deux chaises Louis XIII à pieds tors, couvertes en soie.

202 — Console Louis XVI en bois sculpté et doré, ornée de guirlandes.

203 — Étagère en noyer poli.

204 — Deux étagères encoignures en bois noir.

205 — Joli petit meuble à bijoux en mosaïque de bois de la plus grande finesse d'exécution. Travail moderne remarquable.

206 — Cabinet italien en palissandre incrusté d'ivoire, sur un pied en chêne sculpté.

207 — Cabinet de même style sur pieds à colonnes torses en bois noir. Il est décoré à l'intérieur.

208 — Meuble italien à colonnes en bois de noyer; XVIe siècle.

209 — Crédence de style gothique en bois de chêne sculpté.

210 — Table italienne en chêne sculpté à colonnes formant portique.

211 — Deux petits cabinets en bois d'ébène.

212 — Petit meuble applique en bois sculpté à portes à balustres.

213 — Deux consoles Louis XVI en chêne sculpté, à dessus de marbre blanc.

214 — Grande chaise italienne en chêne sculpté.

215 — Deux glaces de Venise gravées avec cadres en bois sculpté et doré.

216 — Petit bureau-écran en acajou et bronzes. Époque Louis XVI.

217 — Glace Louis XIII, avec cadre en cuivre repoussé.

218 — Grand lit en marqueterie de bois et bois sculpté, avec colonnes tournées aux angles. Époque Louis XIII.

219 — Deux grands cabinets plaqués d'écaille, enrichis de colonnettes détachées et de quelques ornements de bronze doré. XVIIe siècle.

220 — Petit meuble cabinet en bois d'ébène incrusté d'ivoire.

221 — Coffret à couvercle bombé, plaqué d'écaille. Époque Louis XIII.

222 — Coffret rectangulaire, couvert de velours rouge et garni d'ornements en cuivre doré et découpé. Époque Louis XIII.

223 — Deux petits cadres plaqués d'écaille; l'un d'eux renferme une peinture sur verre.

224 — Petit coffret avec tiroirs et compartiments à l'intérieur en bois d'ébène, incrusté d'ivoire gravé à figures et paysages.

225 — Meuble à deux corps en bois de noyer sculpté.

TAPISSERIES ET ÉTOFFES

226 — Grande tapisserie décorée d'un sujet mythologique à figures dans un paysage. Riche bordure d'ornements de festons, de fruits et de colonnes.

227 — Deux jolies tapisseries des Gobelins du temps de Louis XIV, fond jaune avec figures, animaux et fleurs d'après Berain.

228 — Deux jolies tapisseries du XVIe siècle à sujets tirés de l'histoire romaine.

229 — Petit panneau de tapisserie à sujet champêtre d'après Téniers.

230 — Deux petites tapisseries dites *verdures*.

231-240 — Fort lot de belles robes des époques Louis XIV, Louis XV et Louis XVI, en étoffe de soie brochée et brodée en soie de couleur ; quelques-unes sont rehaussées d'or. Ce lot sera divisé.

241-250 — Quantité de coupons, lambrequins, bandes, portières, etc., en étoffe de soie et autres, brodés à fleurs et ornements, et autres rehaussés de broderies d'or. Ce lot sera divisé.

251 — Six tableaux en chenille brodée, représentant des figures dans des paysages.

GUIPURES

252-300 — Quantité de belles guipures anciennes, telles que : couvre-lits, rideaux, nappes, bandes, dents, etc., qui seront vendues par lots.

www.ingramcontent.com/pod-product-compliance
Ingram Content Group UK Ltd.
Pitfield, Milton Keynes, MK11 3LW, UK
UKHW032032260826
14628UKWH00006B/2899

9 782329 351179